Una tormenta llamada Katrina

Sobrevivientes de un poderoso huracán

Una tormenta llamada Katrina

Myron Uhlberg

ILUSTRADO POR
Colin Bootman

PEACHTREE
ATLANTA

—Se acerca el huracán, mi bebé —dijo mamá.

—Ya no soy un bebé, mamá. Cumplí diez años el mes pasado.

—No importa cuántos años tengas, Louis Daniel. Siempre serás mi bebé —dijo ella—. Ahora, silencio y a la cama.

El viento golpeaba con fuerza contra mi ventana. Cuando la tormenta aulló aún más fuerte, me tapé los oídos y me escondí debajo de la cobija.

Abracé mi corneta de latón contra mi pecho. Tenerla cerca siempre me hace sentir mejor. Algún día quiero llegar a tocar como Louis Daniel Armstrong, el mejor cornetista de todos los tiempos.

Por la mañana, vi que la tormenta había derribado nuestro gran roble con su columpio de neumático. Las plantas oreja de elefante de mamá estaban aplastadas contra la tierra.

—Miren nomás esa lluvia —dijo papi.

Las gotas eran más grandes que una moneda de veinticinco centavos. El viento las hacía golpear de lado contra la ventana.

Papi me alejó del vidrio.

La casa se estremeció.

—No te preocupes —dijo mamá—. Después de soplar y resoplar, Katrina se alejará y terminará costa arriba al igual que todos los demás huracanes.

Pero yo no podía no preocuparme.

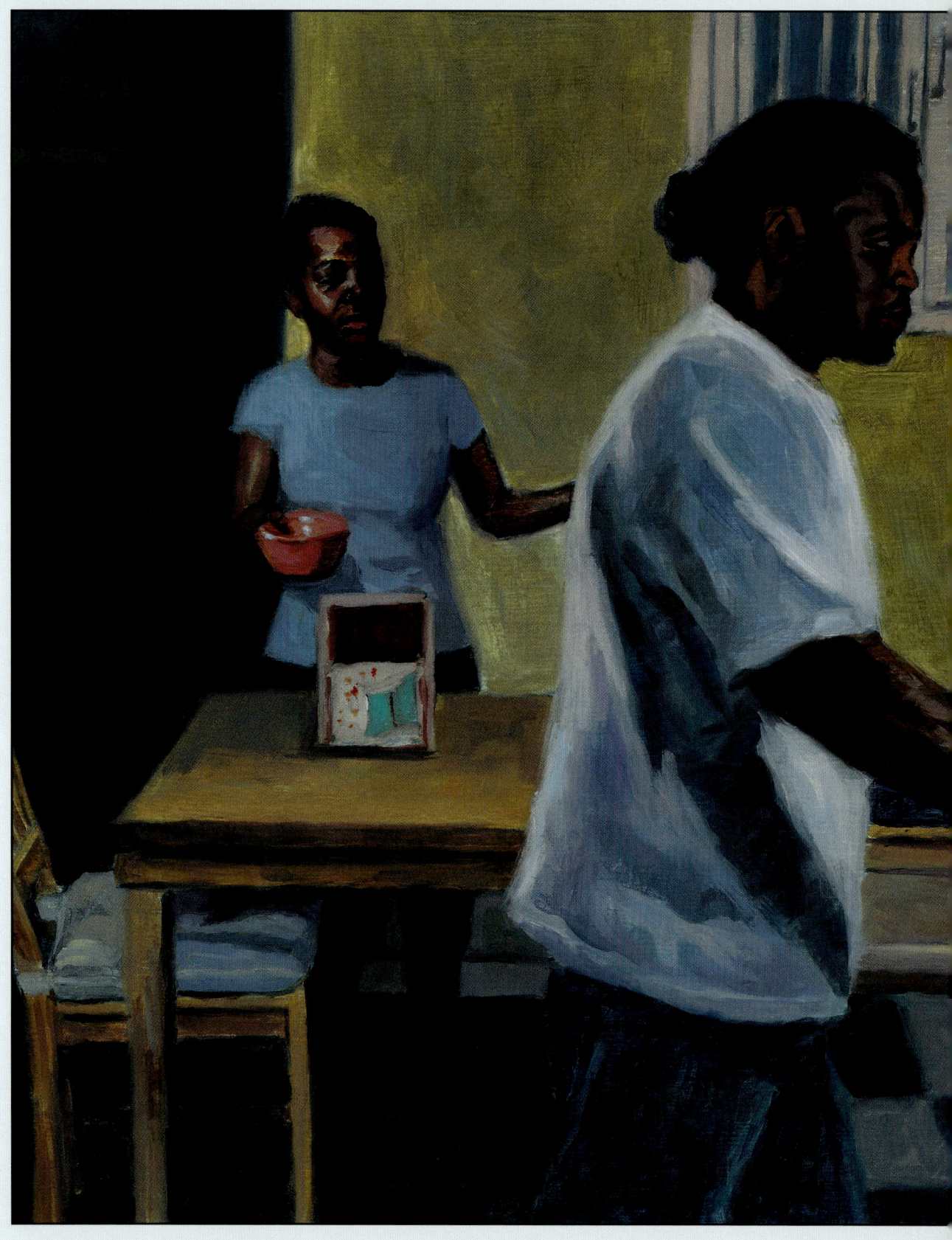

Finalmente, la lluvia paró y se hizo un gran silencio.

Papi abrió la puerta.

—El agua está subiendo rápido —dijo—. Tenemos que irnos de aquí.

—Antes debo ir por algunas cosas —dijo mamá.

Papi negó con la cabeza.

—No hay tiempo. Ya ha llegado hasta los escalones de la entrada.

Tomé mi corneta de la mesa de la sala. Ni loco la iba a dejar allí.

Afuera, el mundo se había puesto de cabeza. La cuadra entera se estaba llenando de agua.

—¡Colapsó el dique! —gritó un hombre detrás de nosotros—. ¡Todos, vayan hacia el sur!

Yo me aferré a mamá y a mi corneta tan fuerte como pude.

El agua subió tanto que nos costaba caminar.

Papi tomó un pedazo de porche que flotaba por allí y me subió. Fue un alivio porque me daba miedo que nos encontráramos con un cocodrilo. Me mantuve alerta, por las dudas.

Mamá se subió junto a mí y me sostuvo en sus brazos.

—Todo va a estar bien, mi bebé —dijo.

Casi no me importaba que me llamara "bebé" en ese momento.

Mientras papi nos empujaba, pasaban a nuestro lado todo tipo de cosas, hasta el árbol de Navidad artificial de alguien.

Vi a un perro de aspecto penoso parado sobre una pila de tablas. Llevaba una pelota roja en la boca.

—Papi —dije—, ¿podemos llevarlo con nosotros?

—No, Louis —me dijo.

El perro movía la cola, como si quisiera jugar. Nunca dejó de mirarme mientras pasábamos flotando.

Realmente sentí mucha lástima por aquel perro. Estaba en el mismo aprieto que nosotros.

A papi el agua ya le llegaba hasta el pecho. El cielo estaba tan azul y brillante que hacía que me dolerian los ojos.

Papi empujó el gran pedazo de porche viejo una cuadra más calle arriba, y luego otra calle abajo.

Traté de ayudar remando con una escoba que saqué del agua.

Pasó una barcaza a nuestro lado.

—¿Tienen lugar para nosotros? —le gritó papi al que la conducía.

—Lo siento —dijo el señor—. Está llena.

—Por favor, señor —dije yo—. Hay un perro blanco y negro allí, más atrás. ¿Puede llevarlo? No es muy grande.

El hombre no respondió. La barcaza simplemente se alejó flotando a la deriva.

Las aguas marrones y turbias subieron tan alto que papi tuvo que subir al porche-bote con mamá y conmigo. Fue entonces cuando mi escoba se topó con una pila de ropa. Mamá me tapó los ojos.
—No mires, mi bebé —dijo.

Pero no pude no mirar.

Remamos hasta llegar a un lugar donde el agua no era tan honda. Papi saltó al agua y empezó a empujarnos de nuevo. Por fin, sentimos que nuestro bote raspaba el suelo. Mamá y yo también nos bajamos.

—¿Ahora adónde vamos? —pregunté.
—No sé, mi bebé —dijo mamá.

Nos unimos a una larga fila de gente que se dirigía al Superdome. Todos decían que allí estaríamos a salvo.

Cuando nos acercamos, pude ver que la tormenta había derribado parte del gran techo blanco del Dome. La gente gritaba y se agolpaba cerca de las puertas.

Se nos acercó una señora que arrastraba una bolsa de basura llena de cosas.

—He vivido en esta zona unos cincuenta años —dijo—, y nunca vi nada como esto. —Se echó la pesada bolsa sobre el hombro—. Nunca me imaginé que la tormenta pudiera hacer tanto daño.

Mamá sacudió la cabeza.

—Nadie lo imaginó.

Por dentro, el Superdome era mucho más grande de lo que se veía en la televisión. Por los agujeros del techo entraban rayos de sol.

Había miles de personas desparramadas por todas partes. El aire estaba caliente y apestoso.

Mamá, papi y yo buscamos hasta encontrar una fila de asientos vacía y nos sentamos a esperar.

Yo estaba cansado y tenía hambre, y deseaba poder volver a casa. No hacía más que pensar en el perrito blanco y negro.

Me preguntaba si estaría bien.

Cuando se cortó la luz, mamá, papi y yo nos acurrucamos en la oscuridad. Yo tenía miedo, pero al final me quedé dormido.

En plena noche, me despertó un sueño horrible en el que perdía mi corneta. Cuando vi que seguía junto a mamá, me sentí mejor.

Pero no pude volver a dormirme. Los bebés lloraban y la gente conversaba. Algunas personas se gritaban.

Al día siguiente hizo todavía más calor. La gente tenía que esperar en largas filas para usar los baños. Cuando finalmente entramos, había un olor tan fuerte que tuve que aguantar la respiración.

De regreso a nuestros asientos, oímos que alguien decía que se estaban acabando los alimentos y el agua.

Papi pensó que sería mejor intentar encontrar algo para comer, y tal vez un poco más de agua.

—Louis —me dijo—, cuida a tu mamá. Regreso en cuanto pueda.

Papi no regresó en toda la tarde.

Dos hombres delante de nosotros comenzaron a pelear por una botella de agua. El primer hombre vio que yo lo miraba.

—Ey, niño —dijo, mirando la botella que yo llevaba en la mano—, ¡dame eso!

—Deje tranquilo a mi hijo —dijo mamá.

Se paró y se apuró a sacarnos de allí.

—Vamos —dijo—. Nos vamos a sentar en otro lado.

—Pero, ¿y qué hay de papi? —pregunté sujetando mi corneta—. No nos va a poder encontrar.

—Sí podrá, mi bebé —dijo mamá—. No te preocupes.

Esperamos en nuestros nuevos asientos... luego esperamos un poco más. Me dolían las piernas de estar tanto tiempo sentado. Mamá parecía cansada y preocupada.

Miré para todos lados en el enorme Dome. *Hay demasiadas personas abarrotadas en este lugar*, pensé. *Papi ya no podrá encontrarnos.*

Levanté mi corneta y pasé los dedos por los botones brillantes. Entonces se me occurío una idea.

—Mamá —dije dando un salto—, ya vuelvo.

—No, mi bebé, te quedas aquí mismo.

—Pero, mamá, sé cómo encontrar a papi.

Me miró fijamente por un momento.

—Está bien, pero regresa enseguida. Estamos en la Sección 145, Fila 23. ¿Puedes recordarlo?

Asentí y salí corriendo escaleras abajo.

Corrí deprisa a través del pasto artificial verde y me detuve en el centro del campo. Cerré los ojos, levanté la corneta y toqué una canción que me había enseñado mi abuelito: "Home, Sweet Home".

Después de soplar la última nota, me quedé allí parado un minuto.

Una voz cortó el ruido del Superdome.

—¡LOUIS! ¡LOUIS DANIEL!

¡Papi!

Corrió escaleras abajo desde la parte de arriba del Superdome. Me alzó en sus brazos y dio vueltas y vueltas.

—Busqué por todos lados —dijo papi—. Pensé que ya no te encontraría. ¿Dónde está tu mamá?

—En la Sección 145 —le respondí—. Fila 23.

Cuando volvimos, mamá se puso a llorar. Pero al mismo tiempo sonreía.

—Estoy tan orgullosa de ti, Louis Daniel —dijo.

—¡Llegaron los autobuses! —gritó alguien. La gente comenzó a empujar y a dar empellones intentando llegar a las puertas.

Cuando finalmente salimos, era tan fuerte el resplandor que tuve que parpadear un par de veces para poder ver. Y allí estaba el perro blanco y negro, moviéndome la cola.

—¡Papi, mira! —grité—. Por favor, por favor, ¿puede venir con nosotros?

—Louis, no podemos llevarnos un perro —dijo—. Los autobuses son para la gente.

—¿Quién dijo que nos vamos en autobús? —dijo mamá.

Papi la miró por un momento.

Luego sonrió.

—Vamos, amigo —dije—.
Nos vamos a casa.

Nota del autor

Louis Daniel y su familia son personajes de ficción, pero lo que vivieron en esta historia está basado en hechos reales.

MUY TEMPRANO EN LA MAÑANA del 29 de agosto de 2005, llegó un huracán llamado Katrina a toda velocidad desde el Golfo de México, con lo que parecía la fuerza de 10 000 trenes de carga. Se dirigía directo hacia Nueva Orleans, Luisiana, una ciudad baja, protegida de las inundaciones por un sistema de diques y canales.

Con vientos de hasta 140 millas por hora, Katrina empujó inmensas olas hacia las costas de Luisiana, aplanando todo a su paso. Luego, atravesó el llano pantanal en cuestión de minutos y dio con la boca del gran río Misisipi. La tormenta lanzó una poderosa subida de agua río arriba hasta el lago Pontchartrain, que ya estaba desbordado con el agua de la lluvia.

En cuestión de horas, el lago Borgne, al este, y el lago Pontchartrain, al norte, rebalsaron por sobre sus diques y la fuerza general del agua rompió las paredes de cinco de los canales principales. Pronto, la gran mayoría de la ciudad quedó sumergida bajo siete pies de agua. A la mañana siguiente, el ochenta por ciento de Nueva Orleans estaba bajo agua, y en algunos lugares el agua alcanzó profundidades de más de veinte pies.

Un niño juega en el campo del Superdome durante las inundaciones ocasionadas por Katrina.

Al igual que Louis y su familia en esta historia, miles de personas buscaron resguardarse de la crecida del agua y huyeron al refugio que se había organizado en el Superdome.

En 2005, cuando azotó, Katrina fue considerada la tercera tormenta más fuerte que jamás haya tocado tierra, y causó la muerte de más de 1800 personas. Se dañaron y destruyeron aproximadamente 850 000 viviendas.

El daño que sufrieron los diques causa inundaciones en los barrios bajos de Nueva Orleans.

Un perro vagabundo camina sobre las calles inundadas de Nueva Orleans tras la tormenta.

También fueron afectados decenas de miles de gatos y perros. La Asociación de Luisiana para la Prevención de la Crueldad Animal estimó que durante la tormenta se quedaron en la ciudad 70 000 mascotas. Fueron rescatadas unas 15 000 y solo el 20% se reencontró con sus dueños.

Mucha gente abandonó Nueva Orleans antes —y después— de que azotara la tormenta. Algunos nunca regresaron. Las víctimas de Katrina ahora se encuentran esparcidas a lo largo y ancho de todo Estados Unidos, desde Texas hasta California, desde Dakota del Norte hasta Georgia.

Pero, tal como ocurrió con Louis Daniel y su familia, muchos otros se quedaron. Y cuando recedieron las aguas, regresaron más residentes. Su hogar está junto a sus familias en Nueva Orleans, la ciudad donde nació el gran Louis Daniel Armstrong, quien —al igual que el Louis Daniel ficticio de esta historia— alguna vez tocó su corneta en su querida ciudad natal, con alegría y esperanza para el futuro.

Si quieres conocer más acerca del huracán Katrina, los siguientes recursos pueden ser útiles.

LIBROS

Hurricane Katrina (Turning Points in U.S. History) de Judith Bloom Fradin y Dennis Brindell Fradin. Cavendish Square Publishing, 2009.

Hurricane Katrina and the Devastation of New Orleans (Monumental Milestones) de John A. Torres. Mitchell Lane Publishers, 2006.

Hurricanes: The Science Behind Killer Storms de Alvin Silverstein, Virginia Silverstein y Laura Silverstein Nunn. Enslow Publishers, 2009.

Hurricanes: Witness to Disaster de Judy y Dennis Fradin. National Geographic, 2007.

Los huracanes (El poder de la Tierra) de David y Patricia Armentrout. Rourke Educational Media, 2014.

SITIOS WEB

www.katrinaschildren.com
Información sobre *Katrina's Children*, un documental sobre diecinueve niños de diferentes vecindarios de Nueva Orleans.

www.teachervision.com/subjects/science/hurricane-katrina
Documentos para imprimir, artículos y referencias para ayudar a los estudiantes a entender la devastación causada por el huracán Katrina.

Personas vadeando por las aguas en la inundación de Nueva Orleans, intentando alcanzar un terreno más elevado.

Consulté muchos libros y sitios web mientras desarrollaba la historia de Louis Daniel. Estos son algunos de los que más me ayudaron.

LIBROS

Breach of Faith: Hurricane Katrina and the Near Death of a Great American City de Jed Horne. Random House, 2006.

The Great Deluge: Hurricane Katrina, New Orleans, and the Mississippi Gulf Coast de Douglas Brinkley. Harper Perennial, 2007.

Pawprints of Katrina: Pets Saved and Lessons Learned de Cathy Scott. Wiley Publishing, Inc., 2008.

Louis Armstrong, In His Own Words: Selected Writings de Louis Armstrong (Thomas Brothers, ed.). Oxford University Press, 1999.

SITIOS WEB

"Hurricanes in History," www.nhc.noaa.gov/outreach/history/#katrina

VIDEO

When the Levees Broke: A Requiem in Four Acts de Spike Lee. Documental de HBO, 2006.

Para todos los niños valientes de Katrina

—M. U.

Para las comunidades devastadas por Katrina y para su esperanza y espíritu de reconstrucción.

Y querría agradecer en especial al joven Leon, a su madre Susette y a mi primo Dexter St. Louis por darle vida a la familia de esta historia.

—C. B.

Publicado por
PEACHTREE PUBLISHING COMPANY INC.
1700 Chattahoochee Avenue
Atlanta, Georgia 30318-2112
PeachtreeBooks.com

Texto © 2011 de Myron Uhlberg
Ilustraciones © 2011 de Colin Bootman
Fotografías de la página 38 abajo y de las páginas 39-40: imágenes de FEMA provistas por Illinois Photos; fotografía de la página 38 arriba: John Rowland para Advertiser Media Network.
Primera edición en rústica publicada en 2015.
Primera traducción al español © 2023 de Peachtree Publishing Company Inc.
Traducción de Hercilia Mendizabal Frers

Todos los derechos reservados. Ninguna sección de esta publicación podrá ser reproducida, almacenada en un sistema de recuperación o transmitida de manera alguna —electrónica, mecánica, por fotocopia, grabada ni ninguna otra—, salvo citas breves en reseñas impresas, sin la autorización previa de la editorial.

Las ilustraciones fueron creadas con olios sobre paneles de madera preparados.

Impreso en marzo de 2023 por Leo Paper, Heshan, China.
10 9 8 7 6 5 4 3 2 1 (rústica)
ISBN 978-1-68263-548-3

Los datos de catalogación y publicación están disponibles en la Biblioteca del Congreso.